AF371135

LE
MARBRE ANIMÉ.

OUVRAGES DE M. E. D.

POÉSIES

Rondeaux et Sonnets galants. . . . . . . 1 vol.

EN PRÉPARATION

Six récits des novices . . . . 1 vol.
Lèvres de Velours . . . . 1 vol.

ROMANS

Le Marbre animé . . . . 1 vol.
Mes Amours avec Victoire . . . . . 1 vol.
La Comtesse de Lesbos. . . . . . . 1 vol.

LE
MARBRE ANIMÉ

PAR

E. D.

Auteur de Mes Amours avec Victoire

BRUXELLES

Aux dépens de la Compagnie

1889

INTRODUCTION

Depuis trois mois, on rencontrait autour du lac, dans un élégant huit-ressorts, traîné par deux superbes Orloff, une adorable princesse Russe, dont la plantureuse beauté eût fait croire à un Rubens descendu de son cadre. Veuve à vingt ans d'un boyard opulent, elle était venue à Paris semer les roubles sans compter, et mener à sa guise, une vie libre et facile. Elle avait eu, disait-on, dix amants pendant ces trois mois, les gardant chacun huit jours, et les renvoyant invariablement, après une épreuve de cette durée, les saluant d'ailleurs d'une

gracieuse révérence, quand elle les
rencontrait sur sa route, mais les
consignant impitoyablement à sa porte.
On ajoutait qu'elle avait congédié de
même, après l'avoir comblée de riches
présents, une petite actrice des Bouffes,
courue pour son bagout, qui fut de son
intimité, quatre jours durant. Depuis ce
moment, on ne lui prêtait plus de
liaison; elle annonçait même son
prochain départ pour un pays lointain.
Attiré par une attraction magnétique
vers cette mystérieuse beauté Slave,
je résolus d'essayer d'approfondir par
moi-même le secret de la volage. J'en
serais quitte pour un refus, si on me
repoussait; mais comme je n'étais pas
du nombre des exclus après épreuve,
je pouvais bien risquer une démarche.
Je me décidai à employer la ruse.

Grâce à ma structure, je puis facilement prendre les allures et l'appa-
rence d'un portefaix. Je me disais
que peut-être la princesse n'avait pas

trouvé dans ses serviteurs, la vigueur qu'une femme souhaite à son amant; et j'espérais qu'en m'offrant à sa vue sous l'aspect d'un fort de la halle, je pourrais lui inspirer le désir de comparer le haut et le bas de l'échelle sociale. En cas de réussite, ma vigueur naturelle et des talents acquis dans la pratique de l'amour, devaient m'assurer le succès. Je me déguise donc, soignant ma mise, pour ne pas offusquer le regard délicat de l'élégante princesse, par une tenue débraillée; je n'avais pas vraiment trop mauvaise façon sous mon déguisement, et je faisais un fort de la halle très sortable.

Deux heures après, je sonnais rue de Prosny, à l'hôtel de la princesse Russe. Ne sachant comment m'introduire dans la place, je dis à la soubrette qui vint à mon coup de sonnette, que j'étais chargé par l'ambassade de Russie, d'une commission confidentielle pour sa maîtresse. La soubrette, après une rapide inspection de mon visage, et un coup d'œil qui me parut admiratif, à ma carrure, courut prévenir sa maîtresse. Un store qui s'agita, me fit lever le nez ; et je soupçonnai bien que n'ayant rien aperçu, qu'on me dévisageait d'en haut. La camérière redescendit, et me faisant signe de la suivre, elle me conduisit dans un boudoir vieil or, très luxueux, mais qu'on sentait meublé à la hâte, par la main pressée du tapissier. Dès que la soubrette m'a laissé, je m'assieds sur le bord d'un fauteuil réfléchissant aux moyens que j'emploierais pour faire mon siège. Je n'eus pas le temps de réfléchir longuement, car presque aussitôt la porte s'ouvrit et se referma sans bruit. La jeune veuve s'avance, superbe comme une reine, vêtue d'un simple peignoir de la flanelle la plus fine, retenu par vingt agrafes de diamant, que moule les opulentes saillies d'un corps admirablement pris, qu'on devine ferme et plein, sous l'enveloppe collante; deux pommes, rondes et dures, gonflent le haut du vêtement, sans qu'aucun soutien les relève, crevant la fine étoffe blanche de leurs pointes roses.

J'étais déjà debout, et, enhardi plutôt qu' intimidé par cette merveilleuse apparition si peu habillée, au risque de me voir jeter à la porte par ses laquais, je m'incline profondément devant la belle dame, et d'une voix assurée, m'efforçant de ressembler à l'homme de mon costume, je lui dis: „Madame, pardonnerez-vous à une fou? Je me suis introduit chez vous par ruse; je ne suis pas chargé de la moindre commission pour vous; mais je jure par cette médaille, qui sur ma poitrine vous dit ma profession, que si vous refusez de m'entendre, que si vous me chassez de votre présence, vous m'aurez signifié ma mort. Je viens.." — „Bien, Bien, me dit la dame en m'interrompant, je devine, sans que vous le disiez, ce qui vous amène. Je veux bien, en votre faveur, renouveler une fois encore une expérience que j'ai en vain tentée jusqu'ici ; ce sera la dernière dans ce pays, dont on vante à tort, je le crois, l'excellence. Il n'est pas besoin d'autres explications entre nous. Ma porte vous sera ouverte à partir d'aujourd'hui, pendant huit jours, au bout desquels vous recevrez votre congé définitif, à moins que, plus heureux que vos devanciers, vous ne trouviez, ce que je n'espère pas, le secret de m'attacher à votre sort. Et maintenant, allez. Ma nuit seule vous sera consacrée. A ce soir donc !"

Je restai interdit, confondu par ce langage sans gêne et hardi, sorti froidement, sans la moindre confusion, sans une hésitation, de la plus pure bouche rose, qui ait jamais orné un doux visage de vierge. Je ne trouvai pas un mot, qui aurait été, d'ailleurs inutile, et je sortis, m'inclinant de nouveau, obéissant à un geste impérieux de la princesse, mais pensant bien qu'il ne me serait pas difficile de réussir où de jeunes présomptueux, qui n'avaient sans doute rien d' Hercule, avaient dû fatalement échouer, quand j'y apportais la vigueur d'un puceau unie au talent d'un libertin.

Voici, d'ailleurs, sans préambules, les divers assauts que je vins livrer à mon aimable adversaire.

CHAPITRE I

L'ÉPICIER

LE soir, à dix heures, j'étais sur
le champ de bataille, repré-
senté par la chambre à coucher de la
princesse, éclairée par douze bougies
roses. Sur un lit majestueux et bas,
la dame m'attendait dans le plus simple
appareil. La vue de ce corps merveilleux, qu'aucun voile ne cache,
aurait tenté saint Antoine, et damné
tous les saints du paradis. Blonde
comme les blés mûrs, la princesse
souriait de ses deux grands yeux bleus,

ombragés de longs cils soyeux, sous d'épais sourcils noirs; sur un buste svelte, bien pris, dégagé, une gorge adorable, d'un satin étincelant, berce la fraise mûre de deux seins de neige, que soulève et qu'affaisse tour à tour la respiration égale et régulière; au fond du ventre poli et blanc comme l'ivoire, une tache d'ébène couvre le promontoire, qui cache au regard le temple de Cypris; au-dessous, deux cuisses rondes et fermes, deux jambes moulées, terminent le chef-d'œuvre par deux petits pieds d'enfant, faits de roses et de lis. Pendant que je contemplais ces merveilles, sans mot dire, la princesse, les yeux purs et limpides, sans un frisson, sans une émotion, calme, indifférente, me disait : „Dévêtez-vous, et commençons l'épreuve. Vous m'appellerez Nijni, de mon pays natal, qui est Nijni-Novgorod; vous me tutoierez, si vous voulez, pendant la durée des ébats, sauf à reprendre ensuite, ici et au dehors, les formules d'une banale politesse. Chaque nuit d'épreuve ne comportera qu'un genre d'exercice, que vous pourrez recommencer à votre gré, suivant votre puissance, jusqu'au matin; mais parlez le moins possible, et agissez au mieux.» Ces quelques mots, dits d'une voix dont la douceur contraste avec l'air froid du visage, ne sont guère faits pour encourager. Cependant, comme rien dans l'attitude de la princesse n'indique une velléité quelconque de résistance, je me dévêts promptement et, sans perdre de temps en réflexions, je me glisse auprès de la plantureuse beauté. Au contact de cette peau si douce et si fraîche à la fois, qui n'a pas un frisson, pas un tressaillement, quand je suis tout agité auprès d'elle, je sens bien qu'il va falloir réchauffer ce glaçon, et le préparer aux émotions, sans brusquer l'attaque. Je prends dans ma bouche

le bout vermeil d'un sein d'ivoire;
j'emprisonne dans ma main le joli
jumeau, tandis que l'autre main descend caressante vers la tache d'ébène
et s'en vient visiter, entre les bords
serrés de l'écrin qui l'enferme, le petit
bouton d'amour. Mais la belle ne
s'émeut, ni ne tressaille. Laissant alors
le sein, mes lèvres descendent, pro-
menant un long baiser de la gorge au
bas ventre, sans laisser un coin inex-
ploré; là, le nez sous la motte, les
lèvres sur les lèvres, je larde de petits
coups de langue drus et pressés, le
clitoris dans sa prison; et quand je
crois qui j'ai mis la belle Russe en
état de me donner la réplique, je
m'étends sur son corps, écartant ses
cuisses, de façon à pousser, sans trop
de peine, ma longue et grosse verge
dans l'huis qui bâille. Après quelques
efforts, car la belle est fort étroite,
n'ayant jamais reçu sans doute pareille
dimension, je suis au cœur de la place,

et, soulevant ses fesses de mes mains passées sous son derrière, je maintiens son ventre collé contre le mien, la peau contre la peau, les poils se mêlant, nos corps ne faisant qu'un. Je sens qu'à chaque allée et venue dans le vagin qu'elle fouille, ma verge frotte le bouton; ma belle compagne va me seconder, sans doute, et partager mon plaisir; déjà, je l'inonde, j'étouffe des soupirs de bonheur, et je l'étreins à la broyer.

Quand je reviens à moi, rouge, ému, palpitant, la princesse ouvrait ses grands yeux bleus, clairs et froids, et quand je m'arrache de ses bras, elle me dit toujours du même ton assuré et doux : «Vous m'avez procuré une légère, très légère sensation non pas celle que j'attends dans les bras d'un homme, mais telle, cependant, que j'ai un moment espéré que vous alliez vaincre; je me trompais. Si vous m'avez un peu mieux servie que vos pareils, cela tient sans doute, à ce que vous êtes mieux fourni que vos prédécesseurs".

Malgré mon insuccès, comptant que je saurais bien prendre ma revanche, je recommence ma tentative, essayant par le retour des plus douces caresses, de réchauffer la statue que j'ai auprès de moi. Je reprends donc les jolis préliminaires, prodiguant les mamours sur les yeux, sur le nez, sur la bouche, sur les dents, prenant la langue pour échanger à la manière des colombes les plus suaves baisers. Je tressaille déjà tremblant d'une douce émotion, je reviens par le même chemin au clitoris, sur lequel j'insiste longuement, jusqu'à ce que je croie le sentir s'émouvoir sous mes lèvres; je viens alors m'étendre sur la belle, saluant le bouton du bout du gland, avant d'entrer, puis ayant logé ma verge tout entière dans le vagin, je m'y démène avec rage, tandis que je chatouille du bout du doigt le petit trou entre les fesses; et bientôt je me pâme sur la mignonne, croyant qu' enfin elle partage mes feux. „C'est mieux, me dit-elle quand j'ai fini, mais ce n'est par encore çà!"

Jusqu'au matin, cinq fois encore, je la tins sous mon étreinte, sans plus de succès. Enfin vint l'heure où la princesse me congédia en me disant: „A ce soir, mon ami; venez à la même heure. Vous ne m'avez pas convaincue de l'excellence des Français; mais je suis pendant sept jours encore votre bien, votre chose, votre eslave; vous pourrez donc renouveler votre tentative mais, dorénavant, je ne vous informerai plus du résultat de vos épreuves; à vous de le deviner, si vous pouvez."

Je quittai la princesse avec le regret de n'avoir pas réussi dans cette première épreuve, mais avec l'espoir d'arriver à mes fins, en employant dans les assauts qui suivront, toutes les ressources dont je dispose.

CHAPITRE II

LA LEVRETTE

Dix heures sonnaient, quand j'entrai le lendemain dans la chambre de la princesse. Elle m'attendait dans la même attitude que la veille, et elle me salua du même sourire énigmatique. Dès que je fus déshabillé, je reprends ma place auprès d'elle, et pendant une heure, du bout des doigts et du bout des lèvres, je tente d'animer ce beau marbre, et de faire passer dans ses veines un peu du feu qui embrase mon sang. Je parcours d'une langue agile tout ce beau corps nu, de la tête aux pieds, les plaines, les monts, les rondeurs, visitant pieusement les recoins les plus chers; puis, retournant la belle, je reprends ma promenade de baisers sur un dos merveilleux du plus blanc satin, descendant vers les formes opulentes qui, sous les hanches en saillie, étalent les plus admirables reliefs. Je mange de baisers ces deux hémisphères rebondis, que j'écarte pour venir larder le petit trou dans son îlot, l'embrassant, le léchant, y enfonçant la pointe d'une langue quêteuse, lui faisant mille politesses qu'il mérite certes, sachant bien d'ailleurs par expérience, que la chaleur qu'on met en ces lieux, se communique au bijou voisin. Puis, sur ma prière, la belle s'agenouille, le visage tourné vers le bas, me présentant les charmants contreforts de sa splendide croupe. Je m'agenouille à mon tour, m'approchant tout près de ces grosses fesses, dont le contact délicieux me fait déjà frissonner d'aise. Mon priape furieux tape contre les chairs, avec un bruit de claques qui tombent sur la peau. Quand je suis bien en place, d'une main passée sous le ventre, j'aide l'instrument à gagner l'huis qu'il cherche. Peu à peu, je l'y pousse, et l'enfonce jusqu'au bout. Je commence alors un va-et-vient délicieux; à chaque poussée, mon ventre, venant frapper contre les demi-globes élastiques, me cause un plaisir indicible, tandis que de mes deux mains, libres maintenant, je m'accroche aux deux pommes d'amour d'une gorge dure et bombée qui repousse les mains qui l'emprisonnent, et je fouille le vagin avec fureur, espérant que ma savante manœuvre va enfin provoquer l'heureuse crise, dont je poursuis sans trêve la réalisation. La belle se prête à merveille à l'opération; elle élève ses fesses, de façon à recevoir tout entière la verge dans le gouffre, à chaque coup de reins. Mais déjà je me pâme, et j'inonde la chère prison d'une liqueur brûlante, qui pénètre la belle jusqu'au cœur.

Quand je reprends mes sens, je retourne la mignonne, que je regarde dans les yeux. Ses yeux, toujours clairs et purs, reflètent la plus complète indifférence, et je ne peux pas savoir si elle est restée en chemin. Mais je veux battre le fer, tant qu'il est chaud, et je reprends, sans un temps d'arrêt, le joli jeu. Retournant donc la belle, je remets de nouveau son derrière en amont; la seule vue de la superbe mappemonde a tôt réveillé mon priape, qui, sans se faire désirer, regagne promptement le gîte, qui s'offre à lui, et recommence l'escarmouche.

Six fois, jusqu'au matin, je nageai dans un océan de délices, mais je dus

partir, sans savoir de ma princesse ,
devenue muette, ce que son clitoris
avait éprouvé, durant cette seconde
nuit d'épreuves.

CHAPITRE III

....

LE GAMIN

....

LA troisième nuit, ainsi que les deux autres, la princesse m'attendait, toujours étendue, toute nue, sur son grand lit, m'accueillant avec le même sourire, qui eût paru adorable à qui n'aurait pas connu la belle insensible. Je venais avec l'intention de lui laisser toute la corvée, cette nuit. Aussi, dès que j'eus pris place à son côté, je lui exprimai mon désir en ces termes : „Belle princesse, je désire que vous soyez aujourd'hui ma servante. Je ne sais si vous êtes au courant de la manière dont je désire être servi, mais avec un peu de bonne volonté, il ne faut pas long-temps pour l'apprendre, quand on l'ignore. Je vais m'humilier sous vous, et vous aurez la prééminence; en un mot, vous ferez l'homme cette nuit".

„— Volontiers, répondit la belle; vous me pardonnerez si je suis un peu gauche dans mon nouveau métier, je m'emploierai, toute la nuit, à combler vos désirs, en obéissant à vos conseils".

Déjà j'étais sur le dos, offrant, dans une superbe érection, mon priape furieux, qui dresse la tête et s'agite. La princesse, après quelques petites caresses au pénis du bout des lèvres et des doigts, m'enjambe et vient se mettre sur moi. „Ecartez bien les cuisses, lui dis-je; prenez ma verge de la main droite; bien. Entr'ouvrez le tabernacle de la main gauche; mettez le gland sur le bouton, frottez le clitoris, frottez, frottez encore. Enfoncez le membre ; baissez-vous peu à peu, encore, encore. Maintenant, faites des mouvements, de haut en bas, et de bas en haut, comme j'en faisais sur vous, dans la même position. Bien, bien, à merveille ! Continuez ainsi, toujours". La mignonne obéissait ponctuellement, allant et venant, d'un mouvement lent et irrégulier. Une glace de Venise, qui servait de ciel de lit, reflétait les charmants appas qui s'agitaient sur mon corps ; et bien que la cavalière eût besoin de nouveaux conseils, je me taisais, me délectant à admirer dans la glace ces superbes fesses blanches, se renflant et s'affaissant tour à tour, dans un mouvement voluptueux. Elles s'élevaient en s'entr'ouvrant, comme pour montrer le petit trou noir qui se cache dans la profondeur des chairs, redescendaient bien vite, enfouissant, en se serrant, le bijou dans sa cachette, en recommençant sans cesse leurs plaisantes mines, sous mes yeux enchantés. Je ne me lassais pas de cet aimable spectacle, mais déjà sous la belle, dont je mords les lèvres, je perds le sentiment de ce qui se passe au-dessus de moi, et je me pâme longuement, tandis que mon amante s'affaisse sur mon corps, me laissant croire qu'elle prend part à ma félicité. Mais quand nos yeux se rencontrent, il n'y a toujours dans les siens que l'azur d'un lac pur et tranquille. Si c'est une comédie qu'elle joue, ma princesse Russe est une comédienne consommée.

Après les ablutions obligées, je reprends l'inspection de ses charmes, puisant dans mes délicieuses excursions à travers ces mille trésors, de nouveaux désirs, que je cherche à faire entrer dans ce corps doublement de neige. En même temps que je larde le petit trou au milieu des fesses, je caresse le clitoris dans sa grotte, et quand il me semble que j'ai allumé dans les régions que j'explore, un peu de la flamme qui me dévore, je m'étends de nouveau sur les reins, la verge au vent, invitant l'aimable cavalière à se remettre en selle. Sans une hésitation, elle se remet à chevaucher, telle maintenant qu'une habile écuyère. Les yeux au ciel, je reprends mon agréable contemplation, et j'admire comment ce beau cul manœuvre, ravi par un si doux spectacle.

Jusqu'au jour, sans interruption, et sans montrer la moindre fatigue, la vaillante écuyère me donne les preuves d'une vigueur surprenante, qu'on prendrait pour le rut d'une femme de feu, sans que jamais elle manifeste par un geste, par un soupir, par aucun signe extérieur enfin, ce qu'elle éprouve dans ces luttes amoureuses.

Quand je prends congé, le matin, harassé par cette infatigable joûteuse, le même sourire m'accompagne jusqu'à la porte, sourire enchanteur dans l'œil pur d'une vierge, mais un peu vexant dans celui d'une amante.

CHAPITRE IV

LE BORD DU LIT

JE suis de nouveau auprès de ma plantureuse beauté, l'invitant par les plus voluptueuses caresses à me suivre à Cythère. Tout ce qu'aime Vénus, toutes les mignardises que les doigts et les lèvres, faisant la petite oie, prodiguent aux trésors cachés, comme aux appas qui se montrent, orgueilleux de leur saillie, je les pratiquai longtemps, dépensant le talent de dix libertins. J'obtiens quelques tressaillements, et je crois voir un œil humide se voiler, mais ce n'est qu'un éclair. Enfin, j'installe ma belle Nijni sur le bord du lit, et agenouillé devant le labyrinthe de Cypris, je contemple des beautés qui, cachées d'ordinaire, s'étalent ainsi dans tout leur éclat, sous mes yeux ravis. J'entr'ouvre du bout des doigts les jolies portes closes, fermées sur le divin bouton, qui apparaît frais et vermeil, tout petit, enfoui dans la chair rosée. je l'agace du doigt, et quand je le vois s'agiter, je le reprends entre mes lèvres, je le sens grossir; il n'est donc pas insensible, le cher petit bouton. Je le caresse ainsi longtemps, et quand le moment propice me semble venu, quand il s'émeut sous mon baiser, je me lève, la verge au vent, et je me glisse entre les cuisses écartées. La belle se prêtant volontiers à mes capri-ces, met ses jambes sur mes épaules, m'en faisant une ceinture, et me présentant ainsi l'huis entre-bâillé, disposé à recevoir le visiteur. Je conduis ma verge vers l'ouverture, et d'un seul coup de cul, je l'enfonce toute, fouillant le vagin jusqu'à la matrice. Pendant qu'elle étreint mon corps entre ses jambes, je me penche sur sa figure, et j'exécute sur ses lèvres une sarabande de baisers, tandis que j'écrase sa gorge rebondie, sous ma robuste poitrine; puis prenant la langue rose qu'on me donne, je la suce comme pour l'avaler. Cependant ma verge frotte l'étui, que chaque coup de reins secoue violemment, quand un spasme prolongé vient couronner la lutte. Nijni a-t-elle partagé mon bonheur, ou ai-je encore tout seul le bénéfice de la victoire? Rien ne me renseigne, mais j'ai cru sentir, quand je jouissais, mon priape serré dans sa gaine.

Bientôt Nijni, réinstallée sur le bord du lit, m'offre derechef la vue si douce de ces chères beautés, que je contemple à genoux, extasié, et que je comble toujours avec un nouveau plaisir des plus tendres caresses. L'épaisse toison, noire et frisée s'étend en forme de triangle, dont la base touche presque au nombril, et dont le sommet est au bas du ventre ; là, il faut écarter le doux duvet, fin comme de la mousse, pour visiter, dans la grotte de Cythère, le joli postillon d'amour, et lui adresser ses vœux d'une langue fervente. Tantôt je chatouille, du bout d'un doigt léger, son petit museau rose ; tantôt, je le tiens embrassé, le gardant dans la bouche, et le chatouillant du bout de la langue ; et quand le priape a retrouvé sa belle humeur, mis en gaieté par toutes ces friandises, j'offre un nouveau combat à ma charmante adversaire, qui se prête toujours volontiers à mes désirs, et semble me seconder dans mon assaut. En effet, ses cuisses me serrent sous les aisselles, ses lèvres me rendent les baisers que je pigeonne sur sa bouche, et ses seins que je roule sous ma main, semblent palpiter, quand je viens l'arroser des preuves brûlantes de ma félicité.

Mais dès que j'ai quitté mon poste de combat et que j'interroge son visage, j'y retrouve la même désespérante placidité. Je suis presque convaincu de l'avoir soumise, mais rien ne me le prouve, et je reste dans l'incertitude anxieuse du premier jour, quand je la quitte le matin, après des travaux dignes d'Hercule.

CHAPITRE V

LA CHAISE

LE souvenir de la charmante Victoire, ma bien chère maîtresse de l'an dernier, me hantait ce soir. Je ne pouvais la voir qu'à la dérobée, et nous mettions à profit les plus courtes absences de son cocu, en nous aimant comme nous le pouvions, le plus souvent sur une chaise. J'eus la fantaisie de renouveler avec Nijni, l'emploi de ce meuble, et de passer ainsi cette nuit; quand je dis de pas-

ser la nuit sur la chaise, j'entends
que les combats amoureux devaient
se livrer sur ledit siège. L'aimable
maîtresse avec laquelle je pratiquais
autrefois ce jeu, trois et quatre fois
dans la journée, au temps de nos
amours (qu'hélas! vinrent empoisonner
de leur venin de hideuses vipères),
excellait dans ce genre d'exercice. Il
est vrai que ma promptitude à la
seconder dans sa chevauchée, la ga-
rantissait d'être surprise en selle. Quand
nous étions sur le qui-vive, la braguette
seule s'ouvrait pour laisser passer maître
Jacques, la belle enfourchait le cour-
sier, et chevauchait à la diable; au
moindre bruit d'aventure, d'un bond
elle était à terre, et Jacques enfermé.
C'était si bon avec elle, que même
quand nous avions tout notre temps,
nous pratiquions l'amour ainsi, en
prenant toutes nos aises, par exemple,
nus, et chair contre chair. Jamais avant
Victoire, je n'avais eu, et jamais

depuis je n'ai retrouvé une aussi habile
écuyère; et si je lui donne ici un souvenir de reconnaissance et de regret,
je conserve le doux espoir de lui
servir encore de monture, narguant
les ignobles mégères que l'enfer attend.
Je me rappelle aussi certain buffet,
auquel je l'adossais, quand n'osant la
prendre en selle, de crainte d'un retour
intempestif du maître, je l'enfilais,
debout, posture que je recommande
aux amants pressés par le temps.

Nijni, toujours soumise à mes vo-
lontés, se promène dans la chambre,
sur un épais tapis, appuyée à mon
bras. Nus, tous les deux, nous mar-
chons lentement, nous dirigeant vers
une glace en pied, qui nous renvoie
notre image avec tous nos mouvements. J'aime à voir trembloter à
chaque pas cette belle gorge qui tres-
saute, dressant sur deux globes ronds
et dodus, un petit bouton de rose,
dont la pointe se tient en avant, droite

et ferme. Devant la glace, je renverse la mignonne sur mon bras gauche, et je la tiens embrassée, la bouche sur la bouche, la main sur les jolies pommes d'amour; puis glissant la main droite entre ses cuisses, je l'enlève de terre, et je l'emporte vers la chaise qui doit servir à nos ébats. Dès que je suis assis, Nijni vient s'asseoir à son tour sur mes genoux, qui rentrent dans la chair de ses grosses fesses; elle a passé son bras gauche autour de mon cou, attirant ma figure contre la sienne; j'en profite pour lui mordre les lèvres, et prendre entre ses dents, sa jolie langue rose, tandis que je frise l'épaisse toison qui couvre le promontoire. Mon priape s'agite impatient, et la belle, à qui je le montre, s'en vient m'enjamber, et suivant mes conseils en tous points, elle prend la verge à pleine main, la présente au pertuis qui doit l'engloutir, et après quelques accolades du gland

au clitoris, elle se l'enfonce dans le
ventre; et jetant ses bras autour de
mon cou, elle commence à chevaucher,
d'abord à l'amble, puis au trot; mes
deux mains sont sur ses fesses, les patinant, les caressant, les claquant de
petites tapes, pinçant les chairs, chatouillant le petit trou du cul ou les
pressant fortement. L'écuyère pratique
si bien mes conseils à présent, que
je retrouve dans ses bras, le souvenir
si doux de la regrettée Victoire. Mais
quand j'interroge les yeux de ma
princesse, ils sont toujours azurés et
tranquilles.

Sans prendre le moindre repos, dès
que la place est nette, je viens recommencer. Nijni se rassied sur mes genoux, qui reçoivent toujours avec
plaisir sa belle croupe. Pendant que
je mange sa figure de baisers, sa main,
que je dirige, vient caresser les pelo-
tons d'amour entre mes cuisses; au
seul contact du doux velours de cette

main blanche et potelée, le priape se
redresse en colère, prêt à rompre sur-
le-champ une nouvelle lance. La mignonne enfourche la monture, et délaissant l'amble et le trot, elle me mène
au paradis en quelques bonds précipités, d'un train d'enfer, qui nous tient
à peine en route. Je n'insiste pas pour
savoir si cette rapide chevauchée, qui
a essoufflé la cavalière, l'a aussi émue;
ce galop, s'il est mon fait, n'est pas
le sien.

Toute la nuit la chevauchée conti-
nua, coupée par des intervalles de repos
sur le lit; et quand je m'en vais, le
matin, le coucou, qui chante dix
heures, me dit seul bonjour. Nijni
dort à poings fermés, fatiguée sans
doute, mais par quoi? Par sa rude
besogne ou par la volupté?...

CHAPITRE VI

LA PARESSEUSE

Serai-je plus heureux, cette nuit, avec cette adorable pose, dans laquelle on tient embrassés tous les appas d'une belle maîtresse, où le corps se colle à celui de l'amante, comme le lierre au chêne, et si peu fatigante, qu'on l'appelle la „paresseuse"? Etendu auprès de ma beauté, qui me tourne le dos, couchée sur le flanc gauche, ma peau s'attache à la sienne, ma poitrine est contre son dos, mon ventre contre sa croupe large et rebondie, dont le doux contact communique à ma verge une ardeur dévorante ; ma main gauche occupée avec les tétons, les patine avec amour, la main droite caresse la grotte de Cythère, glissant, douce et légère, sur les bords resserrés, entre lesquels se glisse parfois un doigt quêteur, qui vient chatouiller le prisonnier dans sa geôle. Puis, entrelaçant nos cuisses, je me fais aider par la mignonne, qui écarte ses petites lèvres, pour me laisser introduire mon priape dans le sanctuaire, où quelques poussées le font entrer tout entier. Revenant alors aux tétons, mes mains reprennent leur aimable occupation, patinant les chairs élastiques d'une gorge ronde et ferme, telle qu'est la gorge d'une jeune vierge. Doucement, sans secousses, je continue mon manège, fouillant le vagin de ma longue et grosse verge, pendant que le visage à demi tourné, la mignonne offre ses lèvres vermeilles à mon baiser. Je passerais volontiers ma vie, à tenir ainsi paresseusement dans ma main, sous mes yeux, contre ma chair, les plus aimables trésors, à peloter ces charmants appas ; et prolongeant le joli exercice, j'aime à reculer le moment de l'extase, tant est délicieuse cette attente de la volupté, qui perd toujours à être hâtée. Malgré mes efforts pour contenir encore l'effusion de ma félicité, je suis incapable de l'arrêter plus longtemps, et je laisse jaillir dans le temple de l'amour, les preuves de l'ivresse que j'y goûte. Mais hélas ! je n'ai pas senti la belle palpiter sous mon étreinte.

Bientôt, reprenant sur la couche nos places respectives, Nijni est auprès de moi, obéissant à tous mes désirs, pelotant mes rouleaux de sa fine main blanche, aidant mon priape à reprendre une vigueur qui lui est nécessaire, par des baisers qu'elle lui prodigue sans compter, le prenant dans sa bouche, le suçant, le caressant comme un objet chéri. Il ne lui en fallait pas tant pour renaître à la vie, et il manifeste déjà par de joyeux frétillements qu'il est prêt à recommencer la lutte. Nous reprenons l'attitude paresseuse, si charmante, si commode, entrelaçant nos cuisses, nous pigeonnant bouche à bouche, mes mains roulant ses seins, les siennes pelotant mes bourses, et je reprends le charmant exercice, frappant dans mon va-et-vient mon ventre contre son gros derrière, dont la douce chaleur me fait espérer qu'un petit succès va enfin couronner mes efforts. Hélas ! après la sixième tentative, toujours infructueuse, je quitte la place à dix heures, désespérant presque de jamais animer ce beau marbre.

CHAPITRE VII

LA „BERGÈRE" EN TOILETTE
DE SOIRÉE

ALGRÉ mes insuccès réitérés, je ne veux point abandonner la partie, tant que j'aurai une corde à mon arc. Je veux épuiser la série des épreuves, ne fût-ce que pour le plaisir que j'y prends, bien que le bonheur qu'on ne fait pas partager ne soit pas un bonheur enviable. Ce soir, poussé par un nouveau caprice, j'ordonne à la princesse, qui m'attend toute nue, comme d'habitude, de revêtir sa plus belle toilette; je veux la posséder habillée. Aussitôt, les camérières, accourues au coup de sonnette, s'empressent de parer leur maîtresse, comme pour une soirée à l'ambassade, laissant à découvert, dans leur nid décolleté de dentelles, les jolies pommes d'amour, que j'aime à voir trembloter sous ma lèvre. Ces atours vont me gêner sans doute, pour les préliminaires habituels, mais cette difficulté est un piment de plus; et déjà je froisse les malines sous la jupe, en venant saluer, le nez perdu dans les combles, le bouton d'amour dans sa niche. Agenouillé, la tête entre les cuisses, je baise et je rebaise les portes closes du divin séjour; et dès qu'elles s'entr'ouvrent sous mes lèvres, je dis bonjour au petit dieu qui loge là, pendant que je m'accroche des deux mains aux fesses que je patine. Puis délaissant le devant pour le pays voisin,

je me relève, m'agenouille derrière,
et troussant la belle, je me glisse sous
ses jupes, fripant et froissant ce qui
s'oppose à mon ascension vers les
monts blancs de l'opulente mappemonde. Après avoir mis une guirlande
de baisers sur les blancs hémisphères,
je viens larder entre les fesses la
petite tache , noire qui s'y cache,
enfonçant la langue dans le trou,
piquant, pointant, poussant, jusqu'à
ce que la pointe y pénètre, tandis
qu' appuyés sur le bijou voisin, deux
doigts agiles le branlotent. Je conduis
ensuite ma belle princesse vers le lit;
et là, courbée en deux, la face tour-
née vers le bas, le derrière élevé,
quand elle étale la lune dans son plein,
je viens la trousser brusquement, rele-
vant tout, la jupe, le jupon, la chemise;
et quand j'arrache le pantalon qui
oppose un dernier obstacle à mes
vœux, et que je vois jaillir la splendide
croupe, qui émerge large , grasse, ar-

rondie, épanouie, aux chairs blanches
et fermes, appétissantes, invitant la lèvre
et la main à s'y reposer, je reste extasié
devant l'adorable merveille, qui jamais,
dans la complète nudité de ma plantureuse beauté, ne m'était apparue
ainsi dans toute sa splendeur. La
posture qui fait ressortir ces opulents
reliefs, dans leur isolement des autres
appas, augmente le charme de ce
ravissant spectacle, qui me retient à
genoux, immobile et ravi. Des deux
mains j'empoigne tout ce que je puis
prendre de ces fesses, je serre cette
chair pleine, à la peau tendue, y laissant, quand je la quitte, des emprein-
tes rouges, qui reblanchissent aussitôt,
et je recommence mes douces caresses
sur la magnifique mappemonde, ne pou-
vant me lasser de voir et de toucher, de
retoucher et de revoir. Il n'est pas
jusqu'au petit point noir, perdu dans les
chairs, qui n'aît sa part de mon admiration et de mes baisers, quand

j'écarte les contre-forts, pour le mettre en lumière. Mon priape excité, est depuis longtemps en état de livrer bataille. Je viens donc me coller contre la chair nue, la verge au vent. La tête de la mignonne reposant sur le lit, fait que la croupe plus élevée, rend facile l'entrée dans la carrière. En effet, d'une main passée sous le ventre, j'aide mon engin à gagner l'ouverture, et dès que le gland a fait à l'hôte qu'il visite, le salut d'usage, il gagne promptement l'intérieur du temple, tandis que mes mains s'en vont retrouver les jolis jumeaux dans leur nid de dentelles, fripant le haut du corsage qui les emprisonne. Je fouille cependant d'un mouvement égal et régulier l'aimable sanctuaire, faisant claquer à chaque poussée, mon ventre contre la chair nue des fesses, dont la rondeur élastique me repousse chaque fois, toujours accroché aux tétons, pour ne pas perdre l'équilibre, j'achève brillamment l'escarmouche, par quelques coups de reins précipités…

Quand Nijni se retourne, la figure empourprée, je crois à mon triomphe ; mais le calme de ses yeux modère mon élan, et je vois bien que la pourpre de son visage, est une rougeur naturelle, due à la posture fatigante qu'elle occupait.

Après un repos d'une demi-heure, Nijni, sur mon ordre, a repris sa place au bord du lit, toujours dans la même posture, penchée sur la couche, et présentant sa belle face postérieure, superbement étalée dans toute sa ma-gnificence. Elle tient, relevés très haut sur ses reins, ses vêtements retroussés, et je me reprends à admirer ces splen-dides appas, que je palpe et que je baise mille fois, puisant dans ce spec-tacle et dans ce contact délicieux, les désirs les plus fous. Ma main va et vient du haut au bas du ravin, qui sépare les monts jumeaux, puis ma langue , prenant sa place, descend de la chute des reins à la grotte d'amour, et remonte en s'arrêtant toujours au centre, je recommence longtemps l'aimable promenade, cessant pour admirer, ou prendre à pleines mains cette chair serrée, qu'on voudrait tordre, ou pour la dévorer de caresses intimes. Je reprends enfin ma place auprès de la belle, et accroché à mon doux point d'appui du haut du corsage, je répète la manœuvre de tout à l'heure, qui a la même issue pour moi, et hélas ! pour elle aussi.

A dix heures, je laissais la froide Russe surprise peut-être de ma vigueur, mais point de mon talent.

CHAPITRE VIII

LA VOIE DÉTOURNÉE. — COUP DE THÉÂTRE

PUISQUE j'ai si peu réussi avec la méthode ordinaire, et que ma verge, bijou d'une dimension remarquable, n'a pas eu plus de succès dans l'étui naturel, qui la chausse comme un gant, je veux essayer pour le dernier jour, si je serai plus heureux, en prenant un chemin détourné. Je fais part de mon intention à la belle qui, bien qu'elle ait son pucelage de ce côté, veut bien se prêter à une dernière expérience, m'assurant qu'elle n'a jamais autant désiré d'être vaincue qu'aujourd'hui, dans l'admiration où elle est de mon infatigable priape. Avant de pratiquer l'ouverture, que je pressens devoir être douloureuse pour la patiente, je viens d'abord, sous prétexte d'essayer de la mettre en état, tenter de vaincre le clitoris, par un lécher dans toutes de règles. Je fais étendre la belle sur moi; dans la posture de „tête-bêche" lui recommandant de peloter mes rouleaux, et de caresser Jacques pendant la manœuvre, sans cependant mener l'aventure jusqu'au bout, mais me proposant de tout tenter, pour la mener à bonne fin de mon côté. J'ai sous les yeux les superbes hémisphères, entre lesquels je larde de petits coups de langue la petite tache noire; puis je m'adresse au clitoris, le léchant d'une langue experte, et habituée à cette douce besogne, pour laquelle nulle ne l'égale, pendant que je chatouille les chairs, du bout du doigt enfoncé dans l'anus. A ce jeu-là, Victoire se fût pâmée dix fois, dans le même temps que ma belle insensible manifeste à peine une émotion légère, que trahit le sphincter, en comprimant mon doigt dans une contraction, qui dure deux secondes, pour ne plus se reproduire. Devant ce résultat, je me décide à venir m'ouvrir une route dans la voie étroite, que je pratiquerais volontiers d'ordinaire, n'était la souffrance qu'endurerait la patiente, à chaque intromission de mon gros priape.

Agenouillée sur le lit, la tête appuyée sur une pile de coussins, la princesse me présente la place forte destinée à l'attaque. Le nez sur le doux objet, entre les fesses écartées, je constate de mes deux yeux, que ce cul est en effet vierge et neuf, et je devine que j'aurai de grandes difficultés à surmonter pour m'y tailler un chemin. J'applique mes lèvres sur l'entrée hermétiquement close, je mouille les bords pour les rendre glissants, j'humecte le bout de la verge, et je la conduis vers l'huis qu'elle doit percer, en m'aidant des deux mains, l'une écartant les bords, l'autre y conduisant le membre. J'essaie de faire entrer le bout, mais le sphincter résiste, et repousse le gland ; dix fois je crois m'y glisser, et dix fois je reste à la porte. Après une longue résistance, et après avoir encore humecté l'orifice et le gland l'huis cède enfin, forcé, et laisse pénétrer la pointe qui le perce ; je reste un moment immobile, ne voulant pas précipiter ma victoire par une irruption brutale, puis, peu à peu, lentement, élargissant la gaine qui l'étreint vigoureusement, la verge s'enfonce à moitié, sans que la patiente laisse échapper une plainte ; mais ma victoire est complète, mon membre a disparu tout entier dans l'abîme.

Passant alors une main sous le ventre, je viens chatouiller le clitoris, et pendant que ma verge fouille l'anus dans un va-et-vient régulier, je branle le petit bouton ; mais quelques poussées vigoureuses, dans cet étau qui l'étreint, suffisent pour tirer à mon priape des preuves brûlantes du bonheur qu'il goûte en ces lieux.

Deux fois encore je recommence une charmante incursion dans l'aimable pertuis, et deux fois encore je suis heureux, dans ce sentier étroit, tout seul hélas! malgré la dextérité d'un doigt habile, et autant que ma langue propre à payer au clitoris son tribut d'amour.

Devant l'inutilité de mes efforts, je me résous à cesser mes tentatives; je souhaite donc une bonne nuit à mon insensible compagne, et je m'endors auprès d'elle. Le lendemain, quand je m'éveille, je contemple la superbe créature endormie, désolé à la pensée que j'allais perdre à jamais un pareil trésor, après avoir mis en œuvre, pour animer ce beau marbre, toutes les ressources dont dispose un galant homme. Mais vit-on jamais un pareil glaçon?

La colère est souvent mauvaise conseillère; le proverbe à tort parfois. Irrité de ce qui m'arrive, quand je suis habillé, prêt à partir sans un adieu, je me retourne tout à coup, et reviens sur mes pas. Elle m'oublierait comme les autres, me dis-je; eh! bien, non! Je veux qu'elle garde de moi un souvenir cuisant; je veux lui infliger une correction, dont elle gardera les marques quelques jours, et la mémoire toute sa vie. Me dirigeant vers le lit, je réveille la princesse, et la prenant dans mes bras, comme pour une dernière caresse, je l'emporte dans la chambre; je m'assieds sur une chaise, je la mets sur mon genou, le cul en amont, étalant ce gros derrière, qui s'élargit épanoui, et tandis que je maintiens fortement le haut du corps sous mon bras gauche, je laisse retomber, de toutes mes forces, la main droite sur les fesses, où les cinq doigts s'impriment en marques rouges; et pendant qu'elle se débat vainement, en gémissant je lui applique une vigoureuse fessée; les claques tombaient dru et fort, sans relâche, avec un bruit de chairs froissées, rougissant le satin, sans laisser une ligne blanche; et malgré les cris de la belle, je redouble à tour de bras, meurtrissant la peau qui fume. Bientôt la fustigée ne se défend plus; et pourtant je la fouette de plus belle, et ce n'est que quand le cul me brûle les doigts, que j'estime qu'elle est assez punie. Je me lève alors, je la repousse, et l'ayant saluée froidement, je me dispose à prendre congé. Mais soudain ma beauté, un moment interdite, bondit vers moi, les yeux baignés de larmes,

au milieu desquelles brille un sourire
qui m'est inconnu, sourire rempli
d'amour et des plus tendres promes-
ses; elle s'est jetée à mon cou, me
couvre de baisers brûlants, me man-
geant les lèvres, cherchant ma langue,
me dévorant de caresses. Qu'est ceci,
vraiment? Quel changement subit! Un
tison remplace un glaçon. Le feu que
je lui ai mis au derrière a-t-il donc
embrasé tout son corps?

Devant l'expression exubérante de
cette tendresse passionnée et muette,
je ne sais pas résister, et je suis bientôt sur le lit, entre ses bras, tout nu;
elle m'a arraché mes vêtements, et je
la presse sous mon sein, émue pante-
lante, et se tordant déjà de rage
d'amour, quand je suis à peine sur
elle; j'eus tôt fait de me mettre à
l'unisson et de partager son délire,
que je vins renouveler dix fois dans
deux heures, ce qui m'était facile,
ainsi secondé; il est vrai que ma

langue s'acquitta plusieurs fois de la besogne.

A midi, l'insatiable amoureuse s'attachait encore à mes pas, ne voulant pas me laisser partir, ayant peur de me perdre, à présent que je l'ai subjuguée. Pour lui plaire, je partageai son déjeuner, et après quelques restaurants nécessaires à chacun de nous, l'ayant encore servie deux fois, je la quittai, un peu calmée, mais non éteinte, avec promesse de revenir le soir de bonne heure. Elle m'accompagna jusqu'à la porte du boudoir, les lèvres sur mes lèvres, et j'eus enfin la liberté de m'en aller.

Tout cela s'était fait si rapidement et le temps, depuis ma victoire inespérée, avait été si bien employé, que je ne m'étais pas encore demandé à quoi je devais ce revirement subit; cette explosion soudaine d'une ardeur méridionale, succédant à une température sibérienne, après une correction

sanglante, avait lieu de me surprendre. Je me rappelai alors que j'avais
lu dans un conteur russe, que dans
ce pays, une femme que son mari
ne fustige pas se croit délaissée; et
que souvent l'époux, pour faire partager
sa flamme à sa moitié, est obligé de
faire pénétrer son feu chez elle, à coups
de verges, les employant par poignée,
quand, chez nous, il n'en faut qu'une,
pour produire le même effet à nos
ardentes compatriotes; et ce que j'avais
cru l'invention d'un romancier, est sans
doute le moyen efficace qu'on emploie
exceptionnellement, peut-être, pour
dégeler les cas glacés dans ce pays,
où tout est gelé, même parfois ce qui
arde toujours dans les conins français. D'ailleurs je me promettais, puisque ma belle Russe devenait mon
esclave, en me donnant son cœur,
d'éclaircir ce point avec elle.

CHAPITRE IX

RÉCAPITULATION

LE soir, ma belle amie, qui guettait mon arrivée, vint m'ouvrir la porte, et se précipita dans mes bras. Ses yeux, brillants de fièvre amoureuse, disaient avec quelle impatience elle attendait ma venue. Sans me laisser le temps de me déshabiller, elle fouillait déjà dans ma braguette, et en retirait mon priape, qu'elle eut bientôt mis en état; je me déshabillai d'un tour de main, et je m'élançai sur le lit, où elle sauta après moi, légère comme une biche. „Ami, me dit-elle, recommence la série de tes exploits, comme lorsque tu vins entreprendre ma conquête; je veux que tu répètes cette nuit toutes les aimables manœuvres de ces huit jours, pour que je puisse rattraper le temps perdu." Je consens volontiers à tout ce qu'elle veut, et pour commencer, je m'étends sur son corps, lui faisant relever les jambes, pour bien entrer dans le temple d'amour; et dès que je suis dedans, j'inaugure les doux jeux. Mais après quelques coups de cul, elle me repousse, en me disant: „Ote-toi, mon ami, ôte-toi; je ne suis pas en état de te seconder; et je ne veux pas rester en chemin; il faut que tu me fouettes, mon ami." Et, comme je m'écartais pour lui obéir, elle saute du lit, et prenant dans un tiroir un paquet de verges de bouleau, elle me les porte en me disant: „Ne me ménage pas, mon ami, fustige-moi,

fais-moi saigner le cul, s'il le faut,
mais ne m'épargne pas, fouette-moi,
fustige-moi, échauffe-moi!" Parbleu,
pensé-je, il serait plaisant de fustiger
la mignonne, tout en prenant nos
ébats; mais je craindrais d'abîmer cette
jolie peau, avec ces verges, et il vaut
mieux que je me serve de la main,
qui a si bien réussi ce matin. Je
m'étends sur le dos, et je lui indique
la posture dans laquelle je veux la
mettre. Elle se couche sur moi, la
tête vers mes pieds, puis je lui fais
mettre ma verge dans le vagin, lui
recommandant de faire les mêmes
mouvements que la nuit où elle faisait
l'homme. De cette façon, je vois
manœuvrer la belle mappemonde, qui
m'offre dans ses plaisants mouvements,
une belle surface à claquer. Je prends
les verges, et au fur et à mesure que
le cul monte ou descend, je les laisse
retomber en cadence sur la peau,
faiblement pour ne pas gâter le doux

satin ; puis, laissant les verges, je
continue la fessée, en cinglant vigoureusement le cul, d'une main ferme
et dure, et quand le derrière fume et
me brûle les doigts, cessant de fustiger, j'enfonce l'index dans la chair
palpitante. La mignonne précipite le
mouvement, étalant larges et gras,
ses deux beaux hémisphères, et bientôt, quand je jouis, mon doigt, serré
comme dans un étau, et ma verge, prise
comme dans une pince, me prouvent
que mon ardente compagne prend cette
fois sa bonne part de ces tendres états.

A peine s'est-elle dégagée et remise
en ordre, qu'elle revient se jeter à
mon cou, me suppliant de reprendre
la première manière, si bonne, me
dit-elle, parce qu'on peut se joindre
par les lèvres, en même temps qu'on
est uni par le centre des amours. Elle
me serre contre sa poitrine, prend ma
langue dans sa bouche, et pendant que
mes mains tripotent ses fesses, et chatouil-

lent le cul, elle se pâme, me faisant partager son ivresse.

Bientôt elle veut reprendre la lutte pour la troisième fois. Moins infatigable que son clitoris, mon priape a besoin de repos, pour rependre haleine. Heureusement que je sais un moyen infaillible de soulager Jacques, et ne voulant pas désenchanter une aussi aimable apprentie, en lui laissant quelque chose à désirer, je l'installe sur moi dans la plaisante posture de 69, sa tête entre mes jambes, son conin sur mes lèvres. Après d'ineffables caresses dans le ravin' qui sépare les hémisphères, je viens trouver le joli bouton d'amour dans la grotte de Cypris, où ma langue fait merveille. En effet, le clitoris charmé se trémousse, manifestant à sa manière, le plaisir qu'il ressent. La mignonne soupire, ses fesses se crispent, bondissent, s'écartent, ma bouche se colle à ses petites lèvres, sur le bouton qui fuit

sous ma langue, et mille baisers brûlants mettent dans le temple une
ineffable volupté... Quand je recommence, Jacques, que la belle a pris
dans sa bouche, veut avoir part à la
fête, et la mignonne qui le devine,
le mange, le léche, l'avale, et lui tire
en le suçant, tout ce qui lui reste de
moelle, lui faisant goûter la plus
délicieuse sensation qu'il ait jamais
ressentie. Trois fois encore je recommence ce jeu béni, mais Jacques,
rendu, harassé, n'est plus de la fête,
et trois fois la mignonne se tord dans
les spasmes, demandant grâce à la
fin, après une heure d'une ivresse
délirante.

Après un moment de repos, mon
priape a repris son air conquérant;
Nijni, qui lui faisait des mamours
intéressés, s'en aperçoit et le provoque
aussitôt en champ clos ; et, s'élançant
du lit, elle m'invite à occuper la chaise
qu'elle a choisie pour champ de bataille.

J'eus tôt fait de l'y rejoindre, et de m'y installer la queue en l'air. Elle m'enjambe aussitôt, se fourre Jacques entre les cuisses, l'y fait disparaître vivement, et jetant ses bras autour de mon cou, ses lèvres sur mes lèvres, elle chevauche avec fureur, je crains qu'elle ne soit désarçonnée, mais chez elle, l'ardeur supplée au talent de l'écuyère, et en quelques temps d'un galop désordonné, elle me fait presque oublier Victoire, qui n'a cependant pas de rivale dans ce genre d'équitation.

A minuit, après une réfection nécessaire de nos forces, la belle vient me présenter ses fesses, que je cingle de quelques claques bien senties, et quand j'y ai mis le feu, elle se jette sur le lit, s'agenouille, la tête penchée en avant, s'appuyant sur les mains, m'indiquant ainsi ce qu'elle désire. La seule vue de cette croupe magnifique allume mes désirs, et je viens me coller à ce beau monument, faisant glisser avec mes doigts ma verge dans le vagin , où j'aide du bout expérimenté du médius, le petit bouton d'amour à me suivre au paradis; nous arrivons ensemble au terme du voyage ; et nous nous jetons sur le lit pour y prendre un repos bien gagné.

Je suis bientôt réveillé par une agréable sensation : en ouvrant les yeux, j'aperçois Nijni, occupée à sucer le gland , enfonçant Jacques dans sa bouche, ce qui l'eut tôt mis en belle humeur. La belle va s'asseoir sur le bord du lit, les jambes pendantes, et je viens satisfaire son envie. Les cuisses écartées laissent voir le divin séjour entre-bâillé, où disparaît mon priape jusqu'à la garde. Ses jambes, passées autour du cou, me pressent contre elle, et pendant que je besogne dans le sanctuaire, elle m'aide de son cul qui frétille, et nous nous pâmons tous les deux, en même temps que je bois sur ses lèvres, les soupirs enchantés que lui arrache le plaisir.

Un peu lasse après tous ces exploits, mais non saturée, elle vient encore solliciter Jacques, chatouillant les pelotes de Vénus, d'une main caressante, passant et repassant le doux velours entre mes cuisses, prenant le membre dans la main, le pressant, l'agitant, le branlant; et quand, docile à d'aussi tendres ordres, Jacques lève la tête, je viens satisfaire la mignonne à la paresseuse, dans le charmant enlacement qu'exige cette aimable position. Les deux corps n'en faisant qu'un, nous goûtons les plus douces voluptés, et nous nous endormons dans les bras l'un de l'autre, d'un sommeil, qui ne s'achève qu'avec la nuit.

Quand nous nous réveillons, nous croyons goûter encore les douceurs du joli rêve qui nous a bercés toute la nuit, et ma verge, dure comme un coin de bois, inspire à la mignonne le désir de goûter par la voie détournée, le premier plaisir de ce jour. Elle s'installe sur le lit, dans la posture qui convient à cette joûte, étalant son gros fessier, qu'elle me prie de mettre en train, bien qu'elle se sente disposée. Après une salve de claques bien nourries, quand elle me crie: „Viens", je m'approche du cul fumant, dont je viens humecter l'orifice; je mouille mon gland de salive, j'écarte avec précaution les bords resserrés, et après quelques tentatives infructueuses, j'y enfonce le bout, et d'un rein vigoureux j'y pousse tout le reste de mon engin. Quand il est logé, je passe mon bras sous le ventre, et du bout du médius, je viens branler le clitoris, en même temps que je poursuis ma carrière dans le sentier qui, quoique déjà pratiqué, semble de plus en plus étroit. Bientôt en effet, l'anus se rétrécit, étreignant fortement ma verge, et quand la mignonne se tord sous mon corps, en poussant des soupirs enchantés, il me semble que le sphincter étrangle mon priape, qui lance jusqu'au cœur de la belle, un liquide brûlant, dont la chaleur pénétrante change sa volupté en extase, et ses soupirs en cris délirants.

Quand elle a repris ses sens, l'œil brillant d'amour, elle se jette dans mes bras, en me disant : „Tu ne me quitteras jamais, jamais. Mais qui es-tu, toi, qui unis à la vigueur d'un hercule, les façons d'un gentilhomme? Tu n'es pas l'homme que tu dis". Je lui dis alors l'amour que sa beauté m'avait inspiré, ma crainte d'être refusé, de ne pas réussir là, où mes semblables, avaient échoué, et la ruse qui j'employai pour me rapprocher d'elle. — Elle me dit alors qu'elle avait deviné une partie de la vérité. Puis, à ma demande, elle me raconta ce qui s'était passé en elle, quand je l'avais si cruellement corrigée. D'abord, quand je commençai à la fustiger, elle avait maudit ma brutalité; puis, peu à peu, sous la main qui la châtiait, elle avait senti une douce chaleur, et quand j'avais redoublé, cette chaleur s'était communiquée à son devant, y apportant une sensation délicieuse, dont la nouveauté l'étonna bien tendrement; et lorsque la correction avait cessé, le plaisir allait se renouveler; et comme j'étais le premier homme qui lui eût causé une aussi douce émotion, elle s'était sentie emportée vers celui qui en était la cause. De sorte qu'elle ne veut plus partir, ni me quitter, et qu'elle veut me consacrer les plus belles années de sa jeunesse, en réglant toutefois la fougue qui nous avait emportés un peu loin jusqu'ici.

Après nous être vêtus, j'allais prendre congé de la princesse, jusqu'au dîner, quand elle m'arrêta, et me dit en souriant: „Je crois, mon ami, que tu oublies un point de nos conventions.

Tant pis si je te parais exigeante, mais puisque nous sommes en tenue pour le point qui manque, viens payer ta dette". Sans ajouter un mot, elle s'avance vers le lit, se penche en avant, relève ses jupes bien haut sur les reins, et me montre mon devoir, devant lequel je ne vais pas bouder, comme bien vous pensez. Si vous vous rappelez l'effet, produit la première fois, par la vue de ce spectacle ravissant d'une splendide croupe, vous pensez que mon priape ne fut pas long à dresser la tête. Comme la première fois, j'arrache la gênante culotte, et je tombe à genoux devant la merveille des merveilles, que je dévore de baisers. Puis je viens dans le temple déposer l'offrande désirée, et quand je finis la prière, je sens que le petit dieu, à qui je l'adresse, m'exauce, et qu'il me comble de ses faveurs.

M'étant acquitté de ma dernière dette, je m'échappe de ses bras, qui tentaient encore de me retenir.

CHAPITRE X

COUP D'ŒIL RÉTROSPECTIF

E soir, la conversation tomba sur la petite actrice des Bouffes, qu'elle avait congédiée, après quatre jours de relations. Elle m'avoua qu'elle avait voulu essayer de tous les condiments de l'amour. „Quand j'ai tenté l'épreuve, avec la petite Morena des Bouffes, j'avais déjà fait l'essai de la femme, grâce à la complaisance d'une de mes soubrettes, qui m'était fort attachée déjà, et qui depuis ce moment, passerait par le feu pour moi, mais ni la soubrette, ni la comédienne, ne m'ont rien fait éprouver; et je me disposais à aller tenter l'expérience dans un pays exotique, quand vous vous êtes présenté, mon cher Hercule. Vous êtes venu et vous avez vaincu".

J'avais remarqué, parmi ses soubrettes, une jeune Slave aux yeux bleus langoureux, aux cheveux noirs, avec une peau d'un blanc mat, qui semblait dévorer sa maîtresse du regard. Je me doutais que c'était elle, la soubrette dévouée à la mort à sa maîtresse.

„C'est sans doute de Léa, que tu „veux parler, dis-je à la princesse.

„Comment l'avez-vous devinée, au „milieu de mes nombreuses servantes?

„A ses yeux, dont les myosotis „sont si tendres, quand ils regardent „ma belle princesse".

En tenant ces propos, je nourrissais

un dessein qui me souriait bigrement. Mais comment m'y prendre avec Nijni, qui était d'un pays où l'on ne trouve guère de tempéraments de Lesbienne. Cependant Léa, qui était Russe aussi, devait avoir, je n'en doutais pas, de brillantes dispositions. Je préparai donc mes batteries pendant la nuit. Après avoir disposé la belle Russe à l'amour, je la pris en levrette, j'allongeai le bras pour branloter le petit bouton, que dans cette position la verge frotte mal. „Quel dommage, ma „princesse, m'écriai-je, qu'on ne puisse „pas mettre le doux velours d'une „petite langue, là où mon doigt vient „se poser, en même temps que frère „Jacques s'occupe de fouiller de fond „en comble; elle ferait si bien là, „une petite langue; ce serait le plai- „sir divin, mignonne".

Je n'eus pas le loisir de discourir plus longtemps. Nijni qui commençait à éprouver l'effet de ma double ma-

nœuvre, dans son centre des plaisirs,
serrait les fesses et le vagin com-
primait mon membre. Je me tus donc,
et je ne songeais plus qu'à mener
l'affaire à bien. J'étais si bien secondé,
que je m'escrimais à peine depuis une
minute, quand j'enivrai de volupté
le récipient, qui pompait en même
temps mon membre comprimé.

Je n'avais pas repris le sujet de la
conversation qui nous occupait tout à
l'heure. Nijni, la tête sur mon sein,
le cou sur mon bras gauche, les draps
ramenés jusqu'au menton, reposait
songeuse, et semblait avoir quelque
chose sur le bout de la langue. Enfin
elle se décida ; après des hésitations
très visibles, à aborder la question.

„Mon ami, commença-t-elle, ce que
vous m'avez dit tout à l'heure me
revient. Je suis sûre que nous pour-
rions faire l'expérience le plus facilement du monde. Léa est d'une dis-
crétion absolue, et son dévouement

pour moi est sans bornes. Je veux d'ailleurs vous avouer que je la considère bien plus comme une amie que comme une servante; chaque fois qu'elle me trouve seule, elle se jette à mon cou, m'embrasse follement, comme vous, sur la bouche, m'étreint sur son sein, se presse contre moi, et ses yeux bleus troublés, et ses lèvres roses tremblantes, ont l'air de parler, de demander quelque chose; je devine bien ce qu'elle désire, car vous savez que j'ai essayé de la chose, mais comme ça ne me disait rien, et qu'elle n'a jamais osé s'aventurer, ça c'est toujours fini par des soupirs à fendre l'âme, qu'elle pousse, quand je me débarrasse. Voulez-vous que nous la fassions venir? Mais je vous avertis que je ne veux rien d'elle sans vous; je veux bien qu'elle soit là comme appoint, mais point comme agent principal. Mais elle, ne sera-t-elle pas intimidée par votre présence?

— Non, non, mignonne; si elle t'est dévouée comme tu le dis, rien ne l'arrêtera pour se livrer à ses fantaisies lesbiennes; elle donnerait sa vie pour t'embrasser là. Je les connais un peu, ces folles passionnées, elles subiraient d'affreux supplices, pour pouvoir satisfaire un caprice.

— Faisons-la donc venir, si vous voulez. Avec vous je consens à faire toutes les expériences. Mais comment inaugurer ces folies? Je crains que devant vous elle n'ait pas tous ses moyens, tout son entrain?

— Je me tiendrai caché derrière les rideaux du lit; tu lui laisseras croire qui je suis parti, et que ne t'endormant pas, ça t'ennuie de passer la nuit seule, que tu veux qu'elle te tienne compagnie. Elle acceptera volontiers; tu la feras entrer dans ton lit, et une fois là, pour peu que tu t'y prêtes, elle ne sera pas longue à venir te faire mimi là.

— Poussez donc le bouton numéro 3, il correspond à la chambre de Leà ; et bien qu'elle ne soit pas de service cette nuit, elle ne manquera pas d'accourir. Mais vous allez avoir froid en chemise".

Je saute du lit, je pousse le bouton de la sonnerie, et je reviens tranquillement me cacher derrière les rideaux. Deux minutes ne s'étaient pas écoulées, que la porte de la chambre à coucher s'ouvre, livrant passage à la jolie soubrette brune aux yeux bleus, qui avait passé un peignoir, sur sa chemise, et mis ses pieds nus dans des babouches. Elle avait les yeux gonflés de sommeil, comme une personne qu'on vient de réveiller en sursaut. Elle pose son bougeoir à côté de la veilleuse, augmentant ainsi la faible charté qui nous éclairait, puis elle s'avança vers le lit de sa maîtresse, et s'arrêta à deux pas, l'œil fixé sur sa maîtresse.

CHAPITRE XI

TRIO D'AMOUR

„Madame m'a sonnée" dit la soubrette après un moment.

„Leà, dit la princesse, je m'ennuie seule, Hercule est parti ; veux-tu me tenir compagnie" ?

J'observais la soubrette, qui ne s'était pas encore aperçu de mon absence. Elle jette les yeux sur la place vide du lit, un éclair illumine sa figure ; et tout ce que lui dit sa maîtresse pour lui expliquer mon départ, et ce qu'elle attend d'elle n'arrivait pas jusqu'à son oreille. Elle fixait toujours ses yeux sur la place vide, la place qu'elle allait occuper, toute la nuit peut-être ; et ses yeux allumés d'une ardente flamme, respiraient la convoitise, la luxure, la gourmandise. Nijni, quand elle a fini de parler, se pousse dans le lit, prenant la place que j'avais laissée, en faisant signe à la soubrette de prendre la sienne. Leà arrache son peignoir, jette ses babouches, et au même instant, la durée d'un éclair, elle était dans le lit.

De mon observatoire je ne perdais pas un coup d'œil. D'abord, comme prise de respect, elle reste sur le bord du lit, éloignée de sa maîtresse, qu'elle fixe d'un œil gourmand ; puis elle fait un demi-tour, se trouve ainsi sur le côté, son bras s'allonge, ses doigts frôlent le bras ; sa main reste fermée sur la chair ; encouragée par le silence de sa maîtresse, peu à peu elle arrive tout près du corps, les seins se touchent presque, les pointes dressées se regardent. Soudain la soubrette, d'un bond, se colle à sa maîtresse, la bouche sur la bouche, l'embrassant longuement. Nijni lui rendait son ardent baiser pour la première fois. Leà, se sentant payée de retour, n'hésite plus ; brusquement, elle s'enfonce dans le lit, accroupie, les genoux au menton, elle plonge dans la toison, se colle à la fente qu'elle a sous les lèvres, et commence dans l'oratoire un chant d'amour que je me garde bien d'interrompre, malgre la promesse que j'ai faite à la princesse d'être toujours en tiers dans leurs jeux. D'ailleurs je veux, moi aussi, faire une expérience, je veux savoir jusqu'où ma belle princesse Russe se laissera conduire. Elle sait que je suis là, et si elle désire mon concours, elle saura bien le réclamer. Elle ne le réclame pas. Il est vrai que la folle soubrette, qui lui donnait ses soins paraissait tellement absorbée dans son ouvrage, que sa maîtresse devait se trouver servie à souhait, et comme jamais elle ne l'avait été. En effet, une première fois, elle jouissait vingt secondes après l'entrée en danse; la soubrette, qui n'a pas l'air de s'en douter, poursuit sa manœuvre, qui est de nouveau couronnée d'un plein succès, après une minute; sans un répit, l'infatigable Leà coutinue la fête, et bientôt une troisième secousse ébranle la gama-huchée, délicieusement remuée.

La soubrette, qui n'a pas quitté l'embouchure; recommençait la béati-fication de sa maîtresse, qui ne pro-testait que par les plus tendres soupirs, qui n'en finissaient pas. Tous ces as-sauts avaient duré trois minutes; au qua-trième, j'avais entre les jambes trop de quoi les aider, pour rester simple spec-tateur, et m'élançant sur le lit, comme une bombe, je crie aux mignonnes:

„Part à trois, s'il vous plait"! Ah! bien, oui ; j'arrivais comme Mars en carême, la princesse pissait de plaisir, finissant son quatrième voyage à Cythère, sous la langue de Leà, qui ne s'arrêtait plus.

Les deux mignonnes me regardent aussi surprises l'une que l'autre. Nijni m'avait oublié pendant ces cinq minutes qu'elle avait si bien mises à profit; Leà, qui ne s'attendait pas à me voir là, en prend vite son parti, car elle replonge aussitôt ses lèvres humides sur la fente. Restait-il à la princesse assez de feu, pour soutenir un cinquième assaut? Je me glisse derrière elle, et je viens essayer de la prendre sur le côté, collé à ses reins. Elle dit un mot en langue russe à Leà, qui se retire de l'embouchure; puis elle écarte les cuisses, ouvre la porte à mon membre, qui se faufile facilement dans le vagin lubrifié et dilaté; et dès que je suis logé, elle

reparle à Leà toujours en russe; celle-
ci se précipite sur la toison, écarte
le haut des lèvres, et glisse sa petite
langue dans la grotte, qu'occupe ma
verge, qui court sur le velours de sa
lèvre retroussée à l'entrée du pertuis,
dans un va-et-vient incessant. Le
contact tout le long de ma verge de
cette lèvre retroussée, et le velours
de la langue que j'écrase contre le
clitoris sont d'une douceur ineffable,
et bientôt, quand j'inonde le réduit,
je le sens se rétrécir, aspirant mon
membre, et Nijni qui gémit tendrement, tremble de tout son corps.

Malgré les vestiges de l'injection,
Leà ne quittait toujours pas l'embouchure, d'où je m'étais retiré; mais
cette fois, la princesse repoussant de
ses deux mains la tête de la soubrette
la déloge du temple de l'amour, et
passe avec elle dans le cabinet de
toilette. Dès qu'elles sont de retour,
la princesse qui veut entrer dans des

explications, sur sa longue complaisance à accepter les caresses intimes de Leà, s'embrouille et me laisse voir clairement, qu'une seule séance, séance bien remplie, il est vrai, a suffi pour la réconcilier avec le culte de Lesbos. Loin de lui en faire des reproches, je la plaisante sur sa nouvelle passion, lui demandant si j'allais du coup être délaissé. Elle me saute au cou pour toute réponse, puis s'enfonçant dans le lit, elle prend mon priape tout entier dans la bouche, et si je l'avais laissée faire, elle lui aurait tiré du sang.

„Un moment, ma belle, lui dis-je; „tu dois avoir quelque reconnaissance „à celle qui vient de t'aimer si gentiment, et d'une façon si désintéres„sée. Vois donc luire dans ses yeux „les désirs les plus fous. Tu peux lui „rendre facilement le bonheur que tu „en as reçu. Dix baisers suffiront pour „faire vibrer comme une corde de

„mandore, le petit bouton enfoui, là,
„au fond. Viens, ma belle, que je te
„donne les premières leçons".

Les yeux de Leà, inondés d'éclairs,
me regardaient chargés de reconnaissance, pour la faveur inespérée que
je lui procurais. Je voyais bien qu'elle
l'aurait payée de sa vie, et que je
venais de me faire une amie jusqu'à
la mort.

Je fais descendre la princesse du
lit, j'installe la soubrette sur le bord,
couchée sur le dos, les pieds sur le
rebord, les jambes écartées. Nijni
s'agenouille et s'avance vers la grotte
entrebâillée qu'elle a sous les yeux.
Les lèvres vermeilles du temple de
Cypris bâillent toutes seules, décou-
vrant à l'entrée, un joli petit clitoris
au nez rose.

„Ouvre la bouche toute grande, ma
„mignonne, pose tes lèvres sur ces
„jolies petites lèvres, couvre-les exac-
„tement, ferme l'ouverture. Bien, ma

„belle, passe ta petite langue dans
„le haut, sur le bouton qui est à
„l'entrée; tu le trouves, oui; bèche-le,
„promènes-y ta langue maintenant,
„lentement, en le couvrant tout en-
„tier, va de droite à gauche, vite,
„vite; enfonce-la à présent. Voyons,
„ôte-toi, que je constate les progrès.
„Oh! la gourmande; oh! la friponne!
„Elle a joui sans nous en avertir;
„j'aurais dû m'en douter aux efforts
„qu'elle faisait pour rester immobile.
„Elle est toute mouillée, la coquine.
„Tu n'as donc pas senti, qu'elle
„distillait de la liqueur. Allons, re-
„commence, ma mie, mais à décou-
„vert maintenant, que je voie ta
„petite langue réjouir ce petit bouton.
„Tire la langue, avance la pointe,
„mets-la sur le clitoris, là, bien, là.
„Frotte-le du bout, bien, bien; frotte,
„frotte, agite le petit bout, vite, vite,
„enfonce-la jusqu'au fond. Reviens,
„reviens; vois, comme il frétille; vois

„comme il grossit, et les poils qui
„dansent, et le ventre qui saute, et
„les cuisses qui vont et viennent;
„fouette, fouette, enferme le bouton
„dans ta bouche, suce la liqueur qu'il
„distille, n'en laisse pas perdre une
„goutte".

Nijni obéit ponctuellement à tous
mes ordres; et pendant qu'elle te colle
à la fente, pour boire la rosée, je me
relève, et je viens prendre les lèvres
de Leà, qui bavent sur les miennes,
pendant que je roule sous mes doigts
ses deux beaux tétons, qui se gonflent, qui s'agitent, et qui dressent
leurs pointes empesées.

La princesse se relève, contemple
un moment son ouvrage; et quand
elle voit la soubrette inanimée, sans
mouvement, elle craint qu'elle ne soit
malade. Je lui montre aussitôt un
moyen de la réveiller. Je la retourne
sur le ventre, exposant son beau derrière sur le bord du lit, et sans autres

formalités que quelques baisers autour
de l'orifice, et un peu de salive sur
mon gland, pendant que Nijni tient
les bords écartés, je glisse la tête du
priape dans le petit trou, et je pousse
d'un rein vigoureux; le membre pénètre du premier coup, et la mignonne revenue à elle, s'agite sous moi,
comme pour se dégager; mais elle
est enferrée bel et bien jusqu'à la
garde, car mon ventre touche ses
fesses. Elle s'apaise d'ailleurs aussitôt.
Je retire un peu son corps, de façon
à laisser entre le bord du lit et son
ventre, un petit espace pour permet-
tre à la princesse de venir y glisser
sa tête. En effet, Nijni, voyant le
service qu'on attend d'elle, se faufile
entre le lit et l'empalée, monte jusqu'à
la toison, et applique ses lèvres à la
fente, léchant le bouton de son doux
velours peu expérimenté, il est vrai,
mais d'assez bonne volonté pour y
faire l'affaire, pendant que je fouille

l'étroite gaine que j'ai forcée. La soubrette est si chaude, qu'elle m'oblige à m'arrêter au milieu de la carrière ; elle jouit tellement pendant une minute, que ma quille reste étranglée. Nijni, avertie, recommence sans un temps d'arrêt, sa douce besogne ; le canal se desserre, et me permet de reprendre mon voyage, que j'achève en même temps que la besognée, lançant ma mitraille, serré comme dans un étau.

La princesse, dès que l'aimable soubrette est relevée, veut éprouver les douceurs de cette façon de faire ; mais maître priape, lui, n'a pas encore la dimension nécessaire pour cette opération. En attendant son retour à la vie, je veux donner à la princesse un avant-goût de la chose. Je fais tenir ma charmante maîtresse debout ; je poste Leà à genoux derrière la croupe de sa maîtresse, avec mission de se servir de sa langue, comme

d'une petite verge, de la faire pointue, pointue, et de fouiller le petit
trou, comme avec un dard. Munie
de mes instructions, la soubrette
s'exerce sous mes yeux, baise le tour
du petit trou, puis du bout pointu de
sa langue, elle pique le point noir,
le larde, et enfin y enfonce deux
pouces de langue. Je vais prendre ma
place devant le minet, m'agenouillant
aux pieds de la mignonne, et je
commence le joli jeu. D'abord, je
prends dans mes lèvres le tour de la
fente, suçant les bords, les aspirant
fortement, les mordillant; puis enfonçant toute ma langue, je lèche tout
le tour du vagin, descendant sur le
bouton; puis tirant toute la langue,
la pointe allant jusqu'au bijou que larde
Leà, je la pose sous le bouton, et
je reviens, la langue large, jusqu'à
ce que j'aie le clitoris sur la pointe,
recommençant à promener ainsi mon
velours. J'enferme alors le petit bouton

dans mes lèvres, pour le maintenir dans un tout petit espace, où ma langue le fouette de sa pointe légère et rapide, dix fois dans une seconde. Le bouton se mouille, la belle palpite, et de ses deux mains pressant ma nuque, elle roucoule pâmée pendant une minute.

Quand je me relève, frère Jacques était en état de livrer, brillamment, un nouvel assaut. Aussi ne perdons-nous pas de temps aux bagatelles de la porte. Nijni est vraiment trop pressée d'éprouver les douceurs de l'entre-deux nouveau pour elle. Comme elle est au courant du coup de langue, je l'installe de façon à ce que tout le monde profite du divertissement. Je fais coucher Leà sur le lit, étendue sur les reins, la tête vers le pied du lit, les jambes sur le traversin; je fais coucher Nijni sur la soubrette, étendue sur le ventre, mais en sens inverse, la toison reposant sur les lèvres de

Leà, tandis qu'elle a sa bouche sur le chat de la soubrette, pour lui rendre, dans sa grotte, les caresses qu'elle va en recevoir dans la sienne, dans la posture nécessaire pour la réciprocité du baiser lesbien. Quand elles sont installées, je viens entre les jambes de Nijni, j'humecte les bords de l'orifice que je veux perforer, ainsi que l'outil qui doit entrer, puis je m'escrime dans l'huis resserré, qui, bien que dépucelé naguère, me résiste comme un cul puceau. Je prie la mignonne de m'aider un peu, ce qu'elle fait volontiers; elle se détache des lèvres de Leà, relève ses fesses, les écarte, tire sur les bords du bout des doigts, et m'ouvre un petit hiatus, dans lequel je pousse mon gland, puis l'outil tout entier, et quand je suis logé, elle redescend son chat sur les lèvres de la succube, et toutes deux commencent leur béatification réciproque, tandis que je me démène, enfoncé dans la croupe. Les deux mains appuyées sur les fesses, je les pétris, me balançant agréablement de droite à gauche, et je vais et je viens dans le réduit assez facilement, quoique comprimé, me retirant jusqu'à la pointe, repoussant jusqu'aux poils, délicieusement remué, tout le temps que j'enfonce le priape, en dilatant les parois. Les deux mignonnes se baisottent, se suçottent, se pourlèchent à qui mieux mieux. Soudain, enfoncé jusqu'à la garde, je ne puis plus revenir, tant le canal se rètrécit, étranglant ma verge, et je décharge copieusement, en plusieurs jets saccadés, immobile dans la gaine ; sous mon corps, les deux amoureuses enlacées, gigottent et me secouent, pendant qu'elles paient leur tribut à l'amour.

Quand elles sont désunies, Nijni se jette à mon cou, et m'embrasse éperdûment, puis. elle me dit à l'oreille : „Merci, c'était si bon, si „bon"!

Leà, interrogée sur ses goûts et sur son talent de Lesbienne, nous raconta qu'elle avait servi chez une grande dame Russe, pendant six mois. La dame, qui était à l'âge où les passions qui vont s'éteindre redoublent de violence (elle avait quarante ans, Leà dix-sept), l'aurait certainement tuée, si elle était restée là. La dame avait la passion des femmes poussée à l'excès. C'était toujours le tour de la soubrette d'y passer; une fois par nuit, le matin quelquefois, la dame se laissait faire, mais encore fallait-il le faire ensemble, comme on venait d'opérer tout à l'heure. La dame jouissait aussi, presque toute la nuit, de voir et de faire se trémousser la jeune camérière, sans trop de fatigue pour elle; et elle avait ensuite le couronnement de ses feux, quand elle était à l'apogée de ses désirs.

Leà qui avait commencé à être la favorite de la dame, trois mois après son entrée en service, s'échappa un beau jour, fatiguée des tendresses d'une femme de cet âge, et sur le conseil d'une matrone expérimentée, qui lui dit que sa maîtresse aurait sa vie avant longtemps, si elle y restait. Depuis ce moment, elle n'avait jamais renouvelé la chose avec personne, parce que depuis son entrée chez la princesse de Novgorod, elle avait le cœur pris, et bien pris, depuis certaine expérience, qu'avait voulu faire sa nouvelle maîtresse; et si son supplice de Tantale avait duré longtemps encore, elle en aurait fait une maladie. La princesse l'embrassa tendrement, pour la remercier de son inaltérable attachement.

„Mais alors, vous êtes encore vierge, „Leà", m'écriai-je. La mignonne se mit à rougir et balbutia un oui timide. Avouez qu'avec ce que je venais d'entendre, et les scènes auxquelles je venais d'assister, l'existence de ce pucelage pouvait me surprendre un peu. La maîtresse fut la première à vouloir que je le lui ravisse immédiatement, là, sous ses yeux. On ne pouvait certes pas me faire une proposition plus agréable; c'était la seconde virginité que j'allais cueillir en peu d'instants; car si la mignonne était pucelle par devant, je venais de faire l'expérience qu'elle l'était par derrière.

Nijni, réjouie d'assister à cette prise de possession, demande quelle est la posture la plus commode pour ravir ce trésor. „Sur le bord du lit" répondis-je. Elle fait descendre la mignonne du lit, la renverse sur les reins, lui met les pieds sur le rebord, écartant les jambes, et entr'ouvrant ainsi un peu la fente : „Est-ce bien ainsi"? dit-elle. Je fais signe que oui, et je m'avance le priape quillé à la main.

Au seul mot de pucelage, qu'il a parfaitement entendu, un frisson à passé dans ses moelles, et il a levé la tête aussitôt. Dès que je suis entre les jambes, je m'agenouille un moment, comme pour faire une prière devant le sanctuaire, mais en réalité pour admirer le trésor dans toute sa pureté. La fente, très étroite, offrait, élargie, à peine une passage pour le doigt; les petites lèvres roses, sont d'une fraîcheur extraordinaire, lisses, tendues; j'aurai, sûrement, plus de peine à prendre celui-ci que l'autre. J'embrasse l'entrée à pleines lèvres; elle est encore humide des dernières rosées; puis je me relève, prêt à accomplir le sacrifice.

La princesse écarte les lèvres de la grotte, devant le gland qui y met le nez, mais qui ne va pas plus loin. Nijni tire toujours sur les bords, le gland rentre un peu, écartant les lèvres, les distendant; la courageuse

Russe ne bronche pas, malgré la douleur qu'elle doit ressentir; je me penche sur elle, je la soulève un peu dans mes bras, je me colle à ses lèvres, pour étouffer ses cris, et arc-bouté à ses épaules, tandis que la princesse tient ses cuisses écartées, je pousse vigoureusement, je sens que ça craque, je pousse encore, je donne trois ou quatre coups de reins, et je pénètre jusqu'au fond du sanctuaire, en mordant les lèvres de la mignonne, qui se tord de douleur sous mon corps. Après quelques allées et venues, je lance ma mitraille dans le fond de la gaine.

Mon membre, qui n'a rien perdu de son ampleur dans le fourreau brûlant, y recommence sur-le-champ sa rude besogne. Cette fois la pucelle joignait ses soupirs aux miens, et roucoulait tendrement. Quand je sortis de la lice, la lance toute ensanglantée, la princesse jetant les yeux sur la pauvre Leà, pâlit de voir saigner la mignonnette, qu'elle entraîne bien vite au cabinet de toilette où elles restèrent longtemps.

Leà regagna sa chambre après avoir reçu les plus tendres adieux, et avec la certitude qu'elle prendrait désormais souvent part à nos jeux. La princesse et moi, après avoir repris encore une fois un doux entretien, nous nous endormîmes dans les bras l'un de l'autre. Le matin avant de nous séparer, nous allâmes prendre des nouvelles de Leà; la mignonne un peu fatiguée, se reposait; elle nous accueillit assise sur son séant. J'étais curieux de voir l'état de ses blessures. La voie détournée était intacte, sans la moindre trace d'effraction; le petit point noir, tout petit, aurait reçu avec peine une tête d'épingle, et mon gland seul est de la grosseur d'une pelote d'épingle; l'église de Cypris, avec son hiatus, sa fente oblongue, était toute

meurtrie, sanguinolente sur les bords ;
les lèvres tuméfiées, gonflées en in-
terdisaient l'entrée pour le moment.
Après un long baiser sur la plaie,
j'en mis un plus long sur la bouche,
et je laissai ensemble la maîtresse et
la soubrette.

CHAPITRE XII

DÉNOUEMENT

E soir, un succulent dîner nous attendait; mais plus impatiente de plaisir que de bonne chère, Nijni voulut commencer par l'amour. Je viens donc, après la fessée nécessaire, lui servir en levrette, l'apéritif qu'elle demande. Puis nous nous mettons à table, devant des mets savoureux, savamment relevés, par une main experte, qui viennent nous réconforter, et nous disposer aux épanchements. Leà s'en vint après le dîner, nous retrouver dans la chambre, mais ses blessures trop récentes, n'étant pas cicatrisées, la mignonne nous aida une fois de son doux velours, puis elle regagna sa chambre, pour y prendre une bonne nuit de repos. Une partie de la nuit se passa en jeux variés; puis nous prîmes, enlacés, un long repos jusqu'au matin. Quand nous nous réveillons, dans une aimable causerie, nous prenons nos dispositions pour nous arranger une existence agréable, et après le coup de l'étrier, je prends congé de mon adorable maîtresse.

Outre toutes mes nuits que je lui cousacre, souvent agrémentées de la présence de sa bien-aimée soubrette, l'aimable princesse, dans une toilette exquise, vient de temps en temps me surprendre chez moi, et jamais nous ne nous séparons sans avoir échangé les plus douces caresses. Tantôt je viens sous ses jupes, elle debout, moi agenouillé, le nez perdu dans les dentelles, embrasser dans le nid des amours, le cher petit bouton, jusqu'à ce que la belle se torde pâmée, fléchissant sur les jambes, ployant les genoux sous le poids du plaisir, et pressant ma tête pour faire coller mes lèvres aux siennes ; tantôt la recevant sur une chaise, à cheval sur Jacques, les jupes relevées ; tantôt culbutée sur le bord du lit, ses jambes autour de mon cou, me faisant un collier, ou bien la fouillant en levrette, l'ayant toujours au préalable disposée au plaisir par une verte fessée. Parfois, étendus sur un tapis moelleux, moi dessous, elle dessus, la princesse relève ses jupes, fripant sans regrêt les dentelles du plus grand prix et descendant son cul sur mon nez, elle vient m'offrir dans la grotte entrebâillée, le clitoris énamouré. La tête entre mes cuisses, elle prend mon priape dans sa bouche, et le suce

amoureusement; et quand la liqueur
coûle brûlante, aspirée comme par
une pompe pneumatique. en même
temps, sous ma lèvre ardente, pleure
le clitoris ravi, par la suavité du bonheur partagé.

Depuis six mois notre félicité est
sans nuage, et je bénis ma colère
d'un jour, qui m'inspira l'heureuse
idée d'un châtiment, auquel je dois
mon bonheur aujourd'hui enviable,
puisque ma belle maîtresse le partage.

J'ai changé le nom de Nijni en
celui de Galathée; plus heureux que
Pygmalion, je n'ai pas en vain animé
ma statue.

FIN.

www.ingramcontent.com/pod-product-compliance
Lightning Source LLC
LaVergne TN
LVHW012010180726
843502LV00005B/1635